さらさらと永《と》久《は》

Mashiro Yamashina

山科真白歌集

短歌研究社

さらさらと永久《とは》＊目次

せつなから 013
蓮花をあげる 021
星の見取り図 024
夏のペルソナ 027
いろくづ 030
DOLL EYES 032
カトレアを抱く 043
花譜をみちづれ 046
地球の番地 049
命函 052

埃及王《ファラオ》の素足 055
プワゾン或いは蘇生 061
蒐集家 065
時空に耳 068
神戸元町 079
足穂《たるほ》の月 082
黙契と金魚 085
生きてゐること 096
スワロフスキーの鳥の首元 099
雪色の紙 102
DNA 114

それからもなほ 118
なづきのカフェ 128
さらさらと永久《とは》 131
春の起点 142
蛸と半夏生 144
骰子《さいころ》 147
アクアパッツァ 148
烏兎《うと》 152
孵る島 155
金の天秤 162

水晶宮で　164
ピジョンブラッド　166
解題　塚本青史　178
あとがき　188

カバー写真撮影　千葉祐子
装幀　間村俊一

さらさらと永久《とは》

せつなから

生きてゐるただそれだけの花束を抱《いだ》く日のあり　続、物語

どしやぶりの急勾配の坂なればほほゑみだけを道づれにして

真実の時計の針が縺れあふ　もう眼帯をはづしていいよ

たれひとり見えぬもののほど見えやすく龍のかたちの雲が解ける

箒もてこころを隈なく掃いてゐる　次の自画像飾りゆくため

八・八をひそやかに越ゆ新月のライオンズゲート銀河のまなか

星を敷く魔橋を渡つてゐるやうなあなこそばゆき足裏《あうら》を持てり

詩画集を抱きて歌ふ火の匂ひくちなはのごとせまりてきても

動けずに嘘をいくつも食べながらまだ眠つてはいけない季節

なにもかも引きずり出せば歯牙だけが硬くて白くてわたしに残る

意外にも月星座で尾を上げる蠍がやさしく光りゆく宙《そら》

せつなからこぼれた雪のやうにほら、とても綺麗で儚くて　今

もし宵に、怪鳥来れば背に乗りて脹脛《ふくらはぎ》にも力を込める

さかしまに浮いても愛《は》しき天体の帰る場所まで導かれつつ

おづおづと差し出す櫂の手触りを彼岸に残しわたしはひとり

窪みとふ器にぷるんと挿れてゐる瞳のごとく見つめる魚卵

いつまでも耀きやまぬ山女魚《やまめ》の子　黄金イクラをぷつぷつと食む

「ほんたうに?」「ほんたうですよ」並べ置く義眼のなかに清らかな湖《うみ》

深々と沈んでびつしより濡れたあとしやくりあげたら涙を拭かう

十一月三日は眉村卓の命日

会へぬ人風のごとくに行き交へる交差点にも星の瞬く

蓮花をあげる

蜘蛛の巣の光に透ける迷宮を釈迦の右手に届けにゆかな

どの沼の話を聞かう花びらのやうに開いたてのひら合はせ

「怪我の功名」が好きな言葉になりにけり　蜜柑の果皮の苦みうるはし

弦楽を知らぬ金魚に名をつけて音姫《おとひめ》お留《とめ》ふはりと泳ぐ

なんとなく別れがつらい伝線のストッキングにさへお礼を云つて

糸状のもづくをひとすぢ掬ひ上げ犍陀多《かんだた》ひとつの善行を思《も》ふ

身を捩るほどに笑つてあああなたわたしの味方　蓮花をあげる

星の見取り図

廃船の千の足音曳きながら雲はちぎれて夏へと向かふ

名があれば羚羊さへも呼んでゐる姫ひまはりを立たせたままで

さみどりの髪のお前が先をゆく明るい星の見取り図を手に

頑なに月の手すりに触れぬゆゑ南で育つ白蝶真珠

隠喩なら銀色の釘　ゆつくりと息を捨てつつ近づくピエタ

ドストエフスキー『罪と罰』

四日後の友の復活べタニアのラザロの部分をソーニャの声で

人を待つ駅に立夏の風生まれ頬こそばゆく神は過ぎたり

夏のペルソナ

矢の刺さるセバスティアヌスを焼き付ける少年三島の眉の漣《さざなみ》

禁といふ字をちひさき石に彫り篆刻教室ゆふぐれに閉づ

失せ物は見つからぬまま夏銀河ざくざく星を狩る人よ生《あ》れ

未亡人が人殺しになる瞬間のページを捲《めく》る夜の真下に

盥《たらひ》とは死語となりしかその縁《ふち》を見たるみどりご昭和に死して

シーソーの片方だけが地に付いてだあれもゐない午後の公園

たくさんの繋がり合つたこゑほどき公衆電話は撤去されたり

青草がしづかに靡く野の原にぱさりと捨てる夏のペルソナ

いろくづ

吾が川を遡上して来るいろくづの銀のさざなみひろごりて秋

夜をひらく音と似てゐるしまらくは吃逆《きつぎやく》ひそと重ねあひつつ

ときをりは嵐に遇ひてうつぶせる「にんげんだもの」とみつをが遺す

人生のタイトル思案おのがじし千日紅がこんなに咲いて

身の裡の星の軌道に違ひない小さきほくろを素肌につなぐ

DOLL EYES

寂《さび》しらに白百合の香と抱いてゐる球体関節人形マリア

人形の綺麗なおまへに息はなく生まれてきたのに生きてはをらず

蘇生とは思ひ出すこと延焼のごとくに心の隣家が燃える

トルストイが死にたる駅につづくまで線路は軋みやがて冷えゆく

『復活』の贖罪《しよくざい》のこゑ響き合ひ冬が濡れるよ木を凍らせて

どれくらゐ背を反らせればよいだらう人形マリアに絡みつく髪

無理強ひはされてはゐない森のなか粘菌《ねんきん》を観る会に行くこと

芸術的形態のまま生き抜いて自然の底ゆ命は笑ふ

名前など記号のやうででもやはり呟いてみるあなたの名前
ぐんぐんとあなたは昇り思想とふ温《ぬく》き鱗をわたしに託す
しよぼくれたわたしの影の不格好　つまりあなたがゐない世界だ

天に棲む非在の人はほほゑんでバトンを渡す地上の人へ

すぐに付くＬＩＮＥの既読、かたはらに人形マリアの愛しき碧眼

幸ひなる門の向かうの海の星ステラ・マリスとすり替へてもいい

青と赤、或いは銀の香油壺、アトリビュートとしての暗号
はじめからふたりのマリアたはやすくサンクチュアリに近寄るなかれ
こそばゆいなんて書いたら気のせゐか楽しくなるわ　寒い夜でも

思ひ出の記帳へ向かふ街にあるバターの効いた焼き菓子の店

分類す『失はれた時を求めて』を読んでゐる人ゐない人　スワン

メタファーに躓いてゐたよく見れば値がつけられぬ石が転がり

一理ある話のあとに渡された記憶できないアクセスコード

〈色のある歌を詠むのだ〉真っ白い雪の世界に生きたとしても

澁澤の兎が齧る詩がありてズタズタになる愉悦、夕焼け

あらぬ方へ関節捻ぢれ人生の座標の狂ひを示唆するやうに

サブスクの曲を聴きつつ人形のマリアと沈む海の底まで
デカルトのフランシーヌではなくて

天鵞絨《ビロード》に織られた百合は俯いてわたしのフォルムを包み込みたり

ガラス製のマリアの瞳《DOLL EYES》の表面に貼り付けてゆく角膜シール

点線の通りに切つた片方を控へで貰ふ　分身のごと

つくよみの光が映す彫塑的詩歌若しくは比喩の翼は

けふだつて地上の風に伝へたの　鳥よりわたしを自由にしてね

きらきらと星を光らせ身代はりのわたしのマリア玻璃の双眸《さうぼう》

カトレアを抱く

糖化しないからだはけふもあたたかしミトコンドリアエンジンで地面を走る

ちらばつた息をあつめて生といふ命を入れた袋を満たす

金継ぎの蘇生の光が眩しいと吾《あ》の半島に木々を植ゑゆく

匂はないカトレアを抱く神無月、船団のごとき蜃気楼見ゆ

テーブルも果実も壜も石になる思ひ出といふ一場面にて

揚力を眩しく見上げてゐる空に肺の像《かたち》の雲が二切れ

ニューデリーの天気予報はずつと晴れ。ＣＯＶＩＤ-１９にみづしぶきなし

花譜をみちづれ

吾が墓に埋むる時計の進みゆく記憶の花譜をみちづれにして

「短歌人」元発行人　中地俊夫死す

時じくの香の木の実を食むことは共になかりし不老長寿の

泣きながら書簡の束を抱くとき優しきこゑが背中を摩《さす》る

非在なる人はいつでも還り来ぬ鎖骨の窪みでみづ飲む小鳥

待ち合はす盲《めしひ》の泉に言葉もてすべての音を掬ひ上げつつ

たましひは温かくあり永遠のレールのうへを列車は走る

天河の星のまたたきたづさへて吾らもいづれ土に眠りぬ

地球の番地

真日愛づる瞳が時を漂ひてやがて見上げる元旦の月

神々が眠つたやうな世界です　枝折峠ゆ瀧雲流れ

マスクをしなければならない

はからひと言ふに及ばず口ふさぎ鼻を隠して新年を寿ぐ

生き生きと古潭の木乃伊も知らざりき歌をうたへり乾きて吾も

うつくしき浄化のために水晶を祈りのごとく打擲《ちやうちやく》せよと

蟻塚にひそむ蛍のひかり洩れはつかに希望は明滅するか

くたくたの足がまたもや間違へる曲がるべき角、地球の番地

命函

にんげんの皮剝ぐメスや昇龍の刺青《しせい》切り取る解剖室あり

しんしんと冬をひろげてゐる部屋に死者の芳香ただよひはじむ

生きてゐる証拠のやうに笑ひ合ふ枯れぬ仙人掌《サボテン》視野に入れつつ

病院に斎庭《ゆには》はあらず突然の涙のごとく結露は流れ

奥深くあなたに刺さつてゐる棘を抜き終へるまで近くにゐるよ

驚きはせぬといへども真冬日の金魚の「凍死」犀星の「あはれ」

たれもみなこの世を去りてゆふぐれのさびしき風が不意にしづまる

埃及王《ファラオ》の素足

「流砂には落ちてはならぬ」戒めの埃及王《ファラオ》の助言、嵐のまへに
宮殿のすべての時計を巻き終へた安堵であれば当ては外れる

撫で肩をいからせてゐる秋雀おまへもけふはカチンときたか

どつちみちかさこそ落葉の吹き溜まり積もり積もれば赤が萌ゆるぞ

十九歳、駱駝の御者に憧がるるフローベールならのちにナイルへ

非凡なる埃及王《ファラオ》の素足横切ればさらさら白き砂音きこゆ

鼻づらを染めた獲物の血の痕を豹は舐めをり　忘れゆくため

埃及王《ファラオ》にはなれない男高飛車に体臭だけを纏《まと》はりつけて

肯定を引き出す手段を見失ふ男の薄き肩書の皺

本物の王の匂ひは知つてゐる　大河のほとりに樹木が育つ

暫くは怒つたままでいいなんて埃及王《ファラオ》の言葉が楽器のごとく

五行では怒りは肝が担ひをり風紋模した菓子でなだめる

雑魚なんか相手にせぬと正直な葉書がやたら整つた字で

手放した途端にふつと軽くなる意識の外へ〈偽者〉を出す

ていねいに耳を揉みをりくちびると同じくらゐのやはらかさまで

大丈夫。河はしづかに流れゆき実りもたらすそのうちきつと

プワゾン或いは蘇生

オフィーリアが花を零してしづみゆく死の境界に誰も入るな

茴香に似てゐるかたちと思ふとき線香花火の光の刹那

うたかたの眠りに触るるまひるまのシャヴァーサナ　瞼を閉ぢる

剪られたることはたしかよ。差し出した百合。売られゆく百合。

錯覚を真実として風まみれ天使の羽根でいづこに向かふ

くちびるに人差し指を立てながら聖母は鳩の気配をさがす

さみどりの草のあはひをすべりゆく蛇が愛したヒュギエイアの杯

細長き吐息を可視化してくれた蠟燭を消し、ふたたび夜へ

火は金を土は水を剋したり虫入り琥珀の硬度を覚ゆ

金鳳花《きんぽうげ》、つひに今年も蘇りひそかな毒をふふみて咲ふ

蒐集家

かきつばた清らにひらく追憶にバージン諸島の太陽は照る

をみなへし三十一字の謎歌を偏愛したる蒐集家ゐて

サクラサククラキハルコソランマンノサクラヨサクラクヲンノソラニ

蘇る妙計《めうけい》秘策の外伝に平談俗語《へいだんぞくご》の縷述《るじゆつ》見るなり

涙果つ汀《みぎは》の鳥は濁流へ羽根を須臾に浸けて飛び立つ

草萌ゆるさはさは風は萌黄色ゆふぐれまへの瑠璃紺《るりこん》のてふ

なゐの神井戸より出《い》でる野を思ふ　海馬に絵師が未来を描く

時空に耳

きらきらと時計の砂が夢に落ち貂蟬《てうせん》は朱の花びらを踏む

あるときは羽毛のやうに舞ひあがる幽かな音に思ひ出ひとつ

目覚めると上海生まれの絹の上《へ》にボーンチャイナを並べてゆきぬ

罅《ひび》多き玻璃の水差し傾けばひいやりとした青のさざなみ

不足する亜鉛の粒を飲み込んで光まばゆき海へといそぐ

器物愛を熱く語りてこの夏は角《つの》のかたちの珊瑚を拾ふ

まひるまをとうに過ぎたる陽を抱きシルル紀ならば何を産みしか

太陽に無知なる吾を晒しつつ『三国志』また瞳にひらく

繰り返す感染史の只中に華佗《くわだ》なら如何に治しゆくらむ

とびつきり必要なのだと集められ合羽《かつぱ》と喝破《かつぱ》、遭逢し浪花

虫干しの喪服の紋の鶴が哭く密接不離に棺は並びて

現実に投げ出されたる世の彼方ただ十六夜《いざよひ》の綺麗なことよ

赤兎馬《せきとば》は夜営のしじまに星映る水へしづかに口を寄せゆく

腑に落ちぬことのつづきてたましひの肌理《きめ》を軍師のこゑにて満たす

人生のゆふぐれあたり華麗なるどんでん返しの九蓮宝燈《ちゅうれんぽうとう》

まさかとは下り坂への入口と見知らぬ鍵が玄関にあり

封をしていづくに捨てむひそやかな呵責の棘が真にあやふし

光沢の繻子《しゆす》を裏地にそよがせてやつぱり誰にも言つてはならぬ

さかしまに風はながれる吾が影のふちどりはやや可笑しくないか

根の張つた都市伝説さへ吹き飛ばす諸葛亮《しよかつりやう》持つ扇は奇《くす》し

凡人にも許されてゐる炎天の携帯扇風機使用特権

「もしも」とふ仮説が長引き本題はもはやまぼろし　脱線も快

蜂蜜を嘗めるは熊か袁術《ゑんじゆつ》か黄金《わうごん》色の誘惑がくる

いまさらに地の果てにて開け放つ扉に軋む蝶番《てふつがひ》あり

ながめつつ組むかひなの右左　翡翠市場の低酸素域

異変には馴れつつありしどしやぶりを突つ切るくらゐ詮無き事と

奇術師の仕掛けのごとき完璧な縁《えにし》に架ける約束の虹

疲れきて身を横たへる夜《よ》もあると時空に耳を立てて聞きをり

傷負ひの張遼《ちやうれう》の背に膏《かう》を塗るやさしき指にときになりたし

こゑところ届かぬ距離の久遠かな茂林がこれほど燃えてゐるのに

敵陣にひとりで突撃した武将、忘れはしない　夏草戦ぐ

神戸元町

ジャージャー麺をまぜる時間がちやうどいい。平たくいへば合ふといふこと

女同士「腹を割つて」つてどこらへん？　笑ひころげて餃子も食つて

込み合った南京町の路地の先、神戸に住めば辿り着く場所

注文はニンニク増し増しおそらくは胃袋さへも美しき友

まあ別にぐしゃっと丸めた泣き言は捨てたままでもいいんだけどさ

忽然と消えた漁船の船長の話も混ざる神戸元町

真っ白いガーゼに包んだアンセムのチーズケーキをふたりで分ける

別腹っていい言葉だよ。受け入れる場所が他にもあることだから

足穂《たるほ》の月

あたふたと足穂の月が下りてきて内ポケットにしのびこみたり

ときどきは人の温みが恋しいか　月のウサギも交代すると

月冴ゆる道を記憶は転がりて桜園まで連れゆくつもり

描かれた貂《てん》もをんなも略奪に遭つてしづかに隠されてゐた

天蓋の中から月を見る時は少しは風があるはうが良い

月ならばメメント・モリは囁かぬ耳に湧きたる泉は清し

やさしさを貰ひしゆふべ月読に宛てた手紙に消印を押す

黙契と金魚

住んでゐた椿邸《つばきやしき》の布留《ふる》の言《こと》　痣のかたちの古池ひとつ

ぬらぬらと金魚の肌は濡れてゐて　雨は銀糸、朱子織《しゅすおり》の艶

鞠をつく永遠《とは》の倣ひか月読の影まで落ちてきざはしのうへ

いつのまに眠りの深き奥処かな幼女が少女に変はる天赦日

濁音が過ぎる名前を呼びながら姿の見えぬ夜の黒猫

漏斗から須臾こぼるる秘密文字　溢れてとろり客体に沁む

藻のあはひ鯰もひそむ襖絵の墨にも息あり夜の屋敷は

神楽鈴シャンシャンシャンと鳴る耳底に尾腐れ金魚の吐き出した石

眩暈にことわりありて剝落の記憶に赤き轢死体が這ふ

ひそやかに抜け出し夜に見たものは列車が切つた人の肉体

目開きて逝くひとの数の如何許《いかばか》り焦眉之急《せうびのきふ》に睫毛は乾く

椿なら源平咲きの蕊みせて池にぽとりと落ちゆくものを

黒牛の角の曲がりに似た枝に何を釣らむか垂らす糸あり

まなうらに焼きつき消えぬ肉片が紅鱗池《こうりんいけ》に散らばるやうで

はつきりと金魚の寿命はわからねど瑞々しくも水草は揺れ

塩足らぬ仕置きが足らぬ隈笹《くまざさ》の蔭の鬼門にひひらぎが朽つ

骨を接《つ》ぐ肌色粘土でできあがる少女の吾とあの日の死体

少女とは真つ直ぐ梳いた髪を編み規律のなかで生きてゐたもの

足や手の螺旋関節知る神よ風と連れ立ち月日はめぐる

背の螺子《ねぢ》を巻けば類語の山と川　組んづほぐれつ跋渉《ばつせふ》の日々

類似する肉塊あまた食べつくし命弾ます雨の沃野に

つながりはもとよりあらず鼻のない半身像の哀歓も癈《し》ふ

忘れようとする記憶を銜へては鳥が何度も心に戻る

思ほゆれば死者と一緒に生きてきた　轢死体のまま生きるあなたよ

自死終へた人の生きざまちらつきて息をのむほど美しい月

たれかれにただ謝りたき日のありし　夜の虚ろのくぼみをさがす

もうすでに埋められてゐる池底に腐らぬ鞠がころがつてゐる

おしまひをくつがへすごと発根の挿し穂がみづに白く伸びたり

黙契に気づけば愉し迷ひ道、右へ右へと後悔はせず

先に寝る人の「おやすみ」やはらかな気配のやうな羽毛のなかへ

生きてゐること

心にも火を持つことを与へしやプロメテウスの赤きトーチは

熔かされて無形になりしわたくしが朝に練られて生《あ》れ出づる季《とき》

腎臓が少し小さいサイズだと訳あり果実のやうに聞きたり

おのづから透きとほりて麗しき不老不死とふベニクラゲ　ふはり。

いちころに参つてしまふ絵を見つけ黄昏にさへ気づかずにゐた

くりかへし生体認証されながらスマホの冷たき膚《はだ》をたぐりぬ

麝香猫《じやかうねこ》の糞から出づる珈琲《コピ・ルアク》ぐいぐいと飲む　生きてゐること

スワロフスキーの鳥の首元

ポエジーを抱きて沈む新月の夜は暗喩をちらかしてみる

諳んじたかつての記憶に夜想曲嬰ハ短調の分散和音

待つ者も待たざる者も朝ぼらけスワロフスキーの鳥の首元

珠に付く思惟を祓ひて魂のアキレス腱をゆつくり伸ばす

土瀝青《アスファルト》のうへをジグザグ歩みゆき街の背中にコツンとあたる

デパートで包装された石鹼は嫁ぐごとくによそほひにけり

「それから」とふ接続詞が聞こえきて振り向けばただ風が遊びぬ

ときどきは合図が欲しい喧騒のビルの谷間を泳ぐときにも

雪色の紙

冬の日に生まれ変はればまたふたり息子を産まう　銀河と大河

とめどなく星はこぼれて帯になるミルキーウェイを降る氷魚《ひうを》よ

カジミール・マレーヴィチの白の上の白、耀きながらはじまりはある

ふんはりと巻き毛は揺れて愛を置く吾の母船に子らは遊びき

親指を吸ひつつ胸に眠る子を身から剝がしてベッドに置きぬ

みづからが選びて送る人生は、結婚、出産、育児に仕事

前世でも吾は母親　堂々と男を産んでこの世を歩く

騎士団の要塞みたいな旧家にて姑《はは》はいつでも吾らを待ちぬ

「お姑《かあ》さん」が好きでたまらぬ吾が食むあまたなる味　南天の赤

たをやかな姑《はは》が教へる「難転」の口伝を包む雪色の紙

子の好む言葉の積み木のやはらかし　概念だつてぐにやりと曲がる

男らの最初の一歩の揺らめきを見届けてゐる　両手を広げ

火を使ひ水を加へてぐつぐつとその日の澱を煮詰めてゐたり

傷ならば姑《はは》が負つてくれたただらう吾の翼を繕ひながら

しあはせのなかの天秤揺れるなど造作なきこと寒夜を越えよ

産むたびに子と引き離される母河馬《ははかば》を幾度も見しや吾子《あこ》を抱きて

神戸市立王子動物園は桜の名所。河馬舎の横にはミモザも咲く。

どのことをｄｅｌｅｔｅするかベタベタと感情指紋が渦を巻きをり

美しき海の音色を折り畳む子の泣き声が思考を止める

ゆるやかといふ語を知らぬ壁掛けの時計の針がどんどん進む

子の足が大地を蹴つて走りたり　それだけなのに喜び溢れ

ぐんぐんと子らの背丈は伸びてゆき双眼鏡からはみ出してをり

にんげんが育つ速さの驚きを鐘を鳴らして報せにゆかう

姑《はは》と子が星を見上げてゐる夜はすべてがまろくやさしくありて

無名なる歌人の姑《はは》の歌にある痣のいくつか　鱗粉光る

葬式にうからはらからかきわけて探せど姑《はは》が消えてしまひぬ

泣きながら子の弁当を作りつつ割る卵にも母鶏《ははどり》がゐて

部屋はなほ暖かきゆゑさみどりのミリオンバンブー更に伸びゆく

上の子が繰り返し弾くゆふぐれのラフマニノフが喪失に沁む

子の背中遠く思へるときありて夫《つま》と見送る空港ロビー

魚《うを》だつた子らはいつしか鳥になるこんなに翼が大きくなつた

婚家から挿し木で殖えた紫陽花の冬でも家族の記念日がある

たれかれもからだの真中に臍を持ち淡く溜めたる影ぞ愛しき

非在なる姑《はは》へ手紙を出しにゆく黄泉比良坂《よもつひらさか》「天国ポスト」

DNA

忙しい家族の代はりのごとく居る「アレクサ、相撲の星を教へて」

新月に願ひを書けばつばくろが今年も車庫に巣を作りたり

思ひ出の形状記憶が効いてゐる半袖シャツの醤油の染み跡

斑なる日焼けに浮いた皮に付く若さの肌理《きめ》がひらひら乾く

下の子の白衣の胸のポケットにをさまりさうなボールペンを買ふ

偉くなんかならなくていい目の前の人の力になるため、白衣

ＤＮＡを急に可笑しく語り出す夫《つま》ののみどをくだるＤＨＡ

葉挿しにてたやすく殖えたクローンは虹の玉なる多肉植物

人生の地図に付箋がひらひらと山、海、神戸、けふも晴れる也《ハレルヤ》

吾の子は兄弟同じ職に就き酒酌み交はす　父の日まぢか

それからもなほ

花と骨、ともに描かれ砂漠にもわたしにもある泉をさがす

果てしない道に立ちたる標識のかたちのタグに知らない単語

ながい旅はできぬこのごろアメリカの長命画家の画集を抱く

オキーフの指貫《ゆびぬき》光る右の手がサテンを摑みそれからもなほ

引き寄せる感情ぽつてり太らせて異国の友と長い電話を

人生はシャボン玉のやう一瞬をはしやいで消えて静寂がくる

ＮＹは湿度が低い　忘れても干乾びながら過去がはためく

気に入りのわたしの帽子はマンハッタンのプラネタリウムの椅子の隙間に

訊ねても〈もう出てこない〉ことのほか愛したなんて後づけばかり

稲妻のごとく樹木を映し終へ眼鏡が似合ふオキーフの夫《つま》

妻を撮るレンズの角度トルソーはあなたに発見されたのでせう

石棺は白でなければならぬゆゑ雨、雪、時の黒ずみも呑む

弩《ど》アップの花が苦手で避けてきた知らうともせずジョージア・オキーフ

漆黒のアイリス暗く内奥《ないあう》にフロイトひとり座らせながら

花ならばたくさん庭に咲いてゐる春の音符をそれぞれが持ち

生きてゆくために出てくる生ごみをすつぴんのまま捨てに行きたり

ひたすらに皺が羨《とも》しきオキーフの晩年荒野を見つめたる瞳《め》も

浮いてゐる雄羊の頭、タチアオイ、雲はぐんぐん湧きながらゆく

思ひ出の価値と見事に一致せぬ指輪やピアスの金のお値段

売る際に見せる運転免許証ガブリエルさへ横顔なのに

摩天楼に暮らす友達オキーフの絵画を飾り半円の月

ゐがくため骨を拾ひてその画家は九十八まで生きてゐました

にんげんの目もとに浮かぶ笑ひ皺、皆な美しき川のいくすぢ

可笑しいと空まで揺らす癖がある美貌の友もいつかは老いる

あのころは尽きぬ話を持ち寄りてセントラルパークの噴水の前

異なつた国で時間を刻みつつ繋がつてゐる回転扉

こゑはただ透きとほりゆくオキーフの花の断捨離、ゴーストランチ

「運命」は「命」を「運ぶ」？　もしかして運ばれてゐるわたしのいのち

一生の今どのあたり　ナチュラルな石鹼ほのかに香りを残し

なづきのカフェ

あうらにて砂をとらへる朝焼けにけふといふ日の暦をめくる

ルーン文字を刻む真白き石いくつ波にあげよう夏のをはりに

鳶色の瞳の父が持つてゐた過去や未来や潮騒の音

ことづての乾いて遠き時のあひ星のさやぎを聴きつつ夜は

気がつけば死角ばかりの街があり鏡のやうな光をひらく

小説家、歌人、詩人をひとりづつオーダーします　なづきのカフェで

おそらくはとても優しい羊歯だらう〈黙つて〉揺れて私を癒す

波のうへに散らかつてゐる感情といつかの秋のその囁きも

さらさらと永久《とは》

小説を書きながら詠む歌のあり雪には雪の降り方がある

虚と実の継ぎ目を渡る冬の蟻　未踏の土に夜風が響《とよ》む

他岸にて腰かけてゐる木の椅子が軋むといふはそら耳なのか

さ丹《に》つらふ少女の右にぽと落つる赤き林檎がふふむ咎《とが》とは

鐵《てつ》舐《な》ぶるのちに知りたる玻璃《はり》売りが鏬《ひび》入《い》りグラスに注ぎゆく比喩

滴りし言葉を喰つて生きてゐるいろくづ泥に深く潜《もぐ》りぬ

みづうみに育つ樹木が牛タンのごとき葉つぱをびらびらとさせ

つかまへる／誰が／おまへを／ダメ冬に／天道虫などゐるわけないよ

目の前を通り過ぎゆく乗り合ひのバスは四角い光曳きつつ

残像の明るき窓が閉ぢぬうち早く一行書いてごらんよ

濃い眉毛四十五度に下げたままガルシア＝マルケス逝きて八年

ふらここはいまだに揺れて巨大なる時のてのひらマコンドにあり

強剪定までに間がある薔薇幾度咲いては朽ちる輪廻のごとく

プロットを失笑されてもかまはない赤子のやうに腹《はら》に入れたり

流行の蜘蛛取引を先導すネオンブルーレッグそろりと動く

寒雷や　舗道に散らす花びらがいちまいにまい匂ひはじめる

めくるたび驚かせろといふ頁《ページ》、　失踪空き巣痴漢盗撮

流賊《りうぞく》とふ悪人が吹く指笛に業《ごふ》を持ち寄る月読《つくよみ》の夜

置く影は死の断章を縁取りて縞のくちなは丸く眠りぬ

丸いもの線になつたら進みをり草を滑りて敵はすぐそこ

さあ逃げろ！　海に向かつてゆくだけで絵になる男を筆で走らす

G♭《ジーフラット》から降《くだ》るエチュード纏《まと》はせて猫脚チェストに仕舞ふ約束

御馳走は熟した葡萄ほどいてもがんじがらめになりたがる蔓《つる》

嬉しいと脳が痺《しび》れる終りなき旅に誘《いざな》ふ鷗《かもめ》も飛んで

たれかほらひつくり返してあげなさい砂時計こそさらさらと永久《とは》

封泥《ふうでい》のやうな形の落雁《らくがん》を口に溶かしてとどの詰まりは

さういへば随分長く濡れてゐた地を叩く雨、哀しき音に

ねえお願ひ、骨になつても乾きつつ仲良くしてね　冬のてふてふ

気取らない主人公らと歌ひあふ義理と人情　耳翼《じよく》こそばし

未来とふ一番惹かれる言葉もて「川」は「砂場」に寄りて流れる

「文藝川」の合評会は南千住の老舗蕎麦屋「砂場」で行はれる

春の起点

細口の青磁の瓶に花を挿す春の起点をここだと決めて

街路樹のやうな体軀の人のこゑ小鳥にも似て近づくよ、春

またひとつ知らないドアを開けてゐる「とびきり」なんて言葉を使ひ

くねりつつ緋鯉はすすむ春光を溶かす水面をきらり躍らせ

椅子といふ魚類の知らぬ腰かけに溜まる春陽に触《さや》りてをりぬ

蛸と半夏生

遊牧民が漁師となりて釣り上げた西サハラ沖の蛸の弾力

不思議なる縁が行き交ふ海を越えやはり世界は繋がつてゐる

半夏生　吾が背丈の立葵そんなに揺れて辛くはないか

真っ直ぐな雨の向かうの悲しみに動物園の獅子の羸瘦《るいそう》

八分休符にどこか似てをり閉ぢられた時計屋前の傘のいきさつ

夢ならば絹のドレスの裾をあげ迷路のやうなフェズの町まで

どこまでも梯《はしご》を伸ばしこの空のあかるい罅《ひび》をさがしてみるの

死んでから待ち合はせる場所を決め眼鏡の挨子の話に戻る

骰子《さいころ》

骰子の七の目紛れ込ませしか　草間彌生の水玉オブジェ

骰子の七の目知らずエルンスト　翼に白き骨のあること

アクアパッツァ

夏道のどこかにちぎつて捨てて来た真昼に喰はす釦のひとつ

ふるふると声帯震はす百合の花　花粉でひどく醜くなりて

ゆつくりと汗を拭へば炎天に単色のまま吾が影はあり

身の裡の魚が餌をほしがつて合鍵さへもじやらじやらと鳴る

忠実なスイッチあまたONにしてサーモスタンブラーの氷を舐《ねぶ》れ

凍らせた本をひそかに取り出せばラサ《Lhasa》に任せる瞬間解凍

浴室へＢｌｕｅｔｏｏｔｈで音飛ばしアンコールのごと泡が消えない

夏空に膨張してゆくバッテリー「誰がスマホに種を仕込んだ」

かんたんに交換をして運が良い悪いを決める花びらを剝ぐ

無情にも魚を骨ごと切断しアクアパッツァ　みづが暴れる

しづまりて日々の輪郭縫ふ糸や余熱の夜に星はつながり

烏兎《うと》

佇んでゐるはずなんだ炎天に帽子のあなたもあなたの影も

遺伝子のYが消えゆくをとこたち　渦巻く指紋がいつまでも・・・窓

ネイチャー誌の細胞アトラス覗き込む瞳がきれい無風の部屋に

手触りを知つてゐる気がするのです　砂の時計に落ちてゆく烏兎《うと》

「太陽」と「星」といふ名の甥がゐて真つ赤な西瓜を競ふやうに喰ひ

元気?つて念押しされてゐるやうな八重の向日葵ＤＮＡ笑む

邪気払ふ桃の果実の生る夏は嗟嘆《さたん》を捥ぎて未来に愛を

孵る島

なぜかしら満月ばかりに会ふ人の手のひらに在る第一火星丘

信天翁《しんてんをう》とはアホウドリのこと派生して隠喩飛び交ふスマホのなかに

ひとしきり空に手繰ればその先の再記憶とは悦の侵攻

第五章に描《か》かるることを伝へたき異国の姫の蜜いろの耳

頬杖をつけばときをり思ひだす誰も知らない翼突筋など

揚力とメタモルフォーゼ　すすき野でかひなを広げ風を待つ朝

見えさうで見えない継ぎ目ほろほろと必然といふ筋書に落つ

たちどころにわたしを元気にしてくれる歌人の愛す空函の音

飴がほら舌のまうへで溶けてゐる少女の襟のフランス刺繍

ほんたうのことを話さう　横転し止まつた心を日向に置いて

もうひとつの虹ならノアの契約と落葉の小舟をあなたに流す

星に似た光の下に咲く花の匂ひに凭《よ》りて蝶もわたしも

鱗粉がぱらりと紙に散らばつて雪より先に耀いてゐる

まつすぐな線は重たし十字架を胸に揺らせば生《あ》るる曲線

あたらしき笑殺の技を披露して毛糸玉のごと犬はしづまる

言の葉をあまた貰ひて暮れてゆく知的遊戯に染まりてけふは

天然のボケと嗤はれすなはちは阿呆の才を与へられしか

夢の緒を枕にすれば水底の淡い星図がゆらゆらと美《は》し

錨地まで導くやうに飛んでゐた鳥の雄姿がまなうらを過ぐ

願はくは激しき波の打ち寄するアホウドリ孵る島に行きたし

金の天秤

寓言と真珠をのせてこの夏は釣り合つてゐる金の天秤

高らかに何を歌はむ奇蹟とふ神の吐息が美しすぎて

雪塩をけものの肉にふりながら静かな夜のうすばかげろふ

ゆつくりと腹式呼吸を繰り返しひそかにふかき乳《にゆう》糜《び》槽《さう》撫づ

発見はあなたの手柄ひつそりと雨を沈める海の貝殻

水晶宮で

隠れ家に禁書を抱きて眠りたるふたりの夢のいづれぞ美《は》しき

歌を詠む私

歌ひとつ胸にしまへば百年を寄り添ふやうに咲く花のあり

小説を書く私

翼廊に風はながるる他愛ない話のつづきは水晶宮で

あたらしく心の空き地に発芽した楽しみ草をけふも育てむ

縦横を整へてゐる涼やかなカナリアモビールに夏を呼ぶこゑ

ピジョンブラッド

書けなくて捨てるしかないボールペン　最後に海の音を聴かせる

意気地なし弱虫腰抜け帰り道いくつも拾ふわたしの欠片

これは端を綴ぢるものだよその糸はそつとからだに溶けてゆくのさ

何事もなかつたやうに生きてみるハナゾノカフェのフレーバーラテ

「ありがたう」日本で一番美しい言葉をあなたに言へてよかつた

ゆふぐれに光る貝がら服に留め「いつもわたしを見つけてほしい」

濡れてゐるだけなら明日には乾くからキャリーケースは開いたままで

まだ月を溶かしてゐない空模様微かに木霊の気配を残し

不可思議の磁場に吸ひ寄せられるやうあなたの胸に紅玉《ピジョンブラッド》

星読みができる友あり麗しき声のしづくをチャクラに落とす

冥王星そろりと動き地球では破壊と再生繰り返し、時代

新しい秩序としての約束をアプリで交はすコンビニの奥

胃にズンとくるのがわかるフランスのコントレックス　みづも硬くて

〈李氏の庭〉ジャスミン香りつれづれに世界を回す風が流れる

言の葉の種をあちこち植ゑてゆくゑくぼのやうな窪みのあまた

楽観がキーワードといふ水無月や未来のページに押し花を閉づ

ほら、ごらん、知らない星も繫がつてユングの布置《ふち》を星座と云へり

けふもまた予知夢を見たる友人とシンクロニシティ、瑪瑙《めなう》の腕輪

地上から最も深い地下鉄へできれば素足で下りて行きたい

遺失物置き場でじつと待つてゐた迷子の傘にやさしい雨を

イカ墨を一緒に食べる距離感のあなたのテロメアますます長し

眩しいね、センテナリアン目指しつつ明るき角を共に曲がりぬ

太陽のかたちはすこし胎盤と似てゐるやうなアニムスも見え

たましひをキュッと結んで愛用のマヌカハニーを木匙で掬ふ

山羊飼ひ《カルディ》が珈琲の実を見つけたり偶然必然現世の喜悦

骨はほぼ数年以内に入れ替はる素敵な音は仕舞つておかう

鳩の血《ピジョンブラッド》は見たことがない刺繡絵の川をなぞりて日常が過ぐ

みづからを汚して床を光らせるモップを先まできれいに洗ふ

耳に棲む小人が騒いでゐるやうな愉しき午後がはみ出してきた

傾いて回る地球で生きてゆく「ざつくばらん」を口癖にして

『さらさらと永久《とは》』解題　塚本青史

かつて、いや今も、歌人が古今東西の絵画をどのように詠っているか？　私はそれを考察しながら、エッセイをつづけている。

そのような中から山科真白を知ったのは、もう六年も前のネットに上がっていた一首からだ。

＊あまりにもちひさき靴に成り果てた人待ち顔のドガの踊り子　（歌集未収録）

連絡先を何人かに尋ねて、掲載したい旨を伝えた。すると許諾の返事を得ると同時に、意外な文言が付け加わってくる。

「小説を、何冊か拝読しています」

そんな余録があると思わなかったが、とにかく連載の文章は脱稿できた。

次ぎに彼女から連絡を受けたのは、二年ばかり経ってからだ。第一歌集『鏡像』の書評依頼である。無論、引き受けた。ただ、よくよく考えてみると、彼女の歌は引用の一首以外、全く知らなかった。

送られてきた歌集を恐る恐る捲りながら、漸《ようや》くほっとした。ドガ以上の歌が目白押しだったからだ。

歌集の中での彼女は異次元への勧誘者であり、虫愛《むしめ》づる姫君であり、洋の東西を問わぬ歴女でもあった。要約すれば成功裏に上梓された歌集で、書評も素直にできた。その後すぐ「玲瓏」へ誘い、入会した彼女は作品を発表し始めた。

それらをまとめた第二歌集は、更に成長著しいと評しよう。

まずは、巻頭の歌に注目したい。

＊生きてゐるただそれだけの花束を抱《いだ》く日のあり　続、物語　「せつなから」

猖獗《しょうけつ》を極めた新型コロナウイルス感染症の、終結を正面から見据えた一首である。出端を飾るリアリティー溢《あふ》れた歌で、まだまだ先がある人生への、大いなる意気込みが感じられた。

左に示すのは、そのような一連だ。

＊人生のタイトル思案おのがじし千日紅がこんなに咲いて　「いろくづ」
＊天に棲む非在の人はほほゑんでバトンを渡す地上の人へ　「DOLL　EYES」
＊ちらばつた息をあつめて生といふ命を入れた袋を満たす　「カトレアを抱く」
＊人生のゆふぐれあたり華麗なるどんでん返しの九連宝燈《ちゆうれんぽうとう》　「時空に耳」
＊一生の今どのあたり　ナチュラルな石鹸ほのかに香りを残し　「それからもなほ」

サブタイトルが別々の歌同士だが、そんな中に連作とは違っても、共通の気持が盛り込まれている。

ところで、かつて彼女が得意としたのは、巫女的な手法を持った異界への誘《いざな》いであった。ただ今回は、そこを少し捻っている。

＊どしやぶりの急勾配の坂なればほほゑみだけを道づれにして　「せつなから」
＊さみどりの髪のお前が先をゆく明るい星の見取り図を手に　「星の見取り図」
＊無理強ひはされてはゐない森のなか粘菌《ねんきん》を観る会に行くこと

＊少女とは真つ直ぐ梳いた髪を編み規律のなかで生きてゐたもの　「ＤＯＬＬ　ＥＹＥＳ」

＊鳶色の瞳の父が持つてゐた過去や未来や潮騒の音　「黙契と金魚」「なづきのカフェ」

急勾配の、坂の先には何があるのか？　見取り図に記されている所は？　粘菌を観てどうなるか？

髪を梳かれた少女は鳶色の瞳の父から、どのような影響を受けて育ったのかなど、一連から期待される物語の先を聴きたくなってしまう。そのように、読者が想像逞《たくま》しくする。それが、彼女の魔法なのだ。

更に、以前にはなかったユーモアも、この歌集では巧みに取り入れられている。

＊こそばゆいなんて書いたら気のせゐか楽しくなるわ　寒い夜でも　「ＤＯＬＬ　ＥＹＥＳ」

＊可笑しいと空まで揺らす癖がある美貌の友もいつかは老いる　「それからもなほ」

＊封泥《ふうでい》のやうな形の落雁《らくがん》を口に溶かしてとどの詰まりは　「さらさらと永久《とは》」

＊遊牧民が漁師となりて釣り上げた西サハラ沖の蛸の弾力　「蛸と半夏生」
＊意気地なし弱虫腰抜け帰り道いくつも拾ふわたしの欠片　「ピジョンブラッド」

第一歌集では、目を凝らして観察したり、驚きを表現することが多かった。しかし今回は、笑いを誘おうとしている。それが、心の成長だろう。

そして研究を重ねた歴女は、今回「三国志」に特化した興味を示していた。

＊きらきらと時計の砂が夢に落ち貂蟬《てうせん》は朱の花びらを踏む　「時空に耳」
＊繰り返す感染史の只中に華佗《くわだ》なら如何に治しゆくらむ　「同」
＊赤兎馬《せきとば》は夜営のしじまに星映る水へしづかに口を寄せゆく　「同」
＊根の張つた都市伝説さへ吹き飛ばす諸葛亮《しよかつりやう》持つ扇は奇《くす》し　「同」
＊蜂蜜を嘗めるは熊か袁術《ゑんじゆつ》か黄金《わうごん》色の誘惑がくる　「同」
＊傷負ひの張遼《ちやうれう》の背に膏《かう》を塗るやさしき指にときになりたし　「同」

「三国志」の登場人物（貂蟬は実在していない）が、名前を連ねている。それも脇役たちだから、流れを知らないと扱えない。

華佗は麻酔薬を発明したと思しい医師で、赤兎馬は、董卓《とうたく》から呂布《りょふ》、関羽《かんう》へと主人が三回も代わった。汗血馬《かんけつば》の系譜という名馬ゆえらしい。諸葛亮は言わずもがな。袁術に到っては、彼の蜂蜜好きなど、歴史を相当学んでいないと知る由もない。張遼は、曹操《そうそう》五虎将の一人だが、案外知られていない。流れでの登場順は不同だが、この人（馬）選はなかなか渋いと言えよう。

さて山科真白に、一般的な意味での日常詠はない。それでも、日々の生活から生まれたと思しい歌は多々ある。

＊箒もてこころを隈なく掃いてゐる　次の自画像飾りゆくため　「せつなから」
＊思ひ出の記帳へ向かふ街にあるバターの効いた焼き菓子の店　「DOLL　EYES」
＊濁音が過ぎる名前を呼びながら姿の見えぬ夜の黒猫　「黙契と金魚」
＊騎士団の要塞みたいな旧家にて姑《はは》はいつでも吾らを待ちぬ　「雪色の紙」
＊新月に願ひを書けばつばくろが今年も車庫に巣を作りたり　「DNA」

毎日の生活を少し違う角度から楽しんで、このような歌が美事に詠われている。

更にその関連の先を言えば、今回は自らの母性が際立っていた。

＊冬の日に生まれ変はればまたふたり息子を産まう　銀河と大河　「雪色の紙」

＊前世でも吾は母親　堂々と男を産んでこの世を歩く　「同」

＊魚《うを》だつた子らはいつしか鳥になるこんなに翼が大きくなつた　「同」

＊「太陽」と「星」といふ名の甥がゐて真つ赤な西瓜を競ふやうに喰ひ　「烏兎《うと》」

母性がこのように大きく表現されているのは、豊かな人生を謳歌しているからだ。また一方で、彼女が持つ文学少女の名残でもあろう。

そのようすが、記念碑的に垣間見られる歌をみよう。

＊糸状のもづくをひとすぢ掬ひ上げ犍陀多《かんだた》ひとつの善行を思《も》ふ　「蓮花をあげる」

＊矢の刺さるセバスティアヌスを焼き付ける少年三島の眉の漣《さざなみ》　「夏のペルソナ」

＊『復活』の贖罪《しよくざい》のこゑ響き合ひ冬が濡れるよ木を凍らせて　「DOLL　EYES」

＊澁澤の兎が齧る詩がありてズタズタになる愉悦、夕焼け　「同」

＊あたふたと足穂の月が下りてきて内ポケットにしのびこみたり　「足穂《たるほ》の月」

芥川龍之介とドストエフスキー、三島由紀夫、トルストイ、澁澤龍彦、稲垣足穂らが登場する。当然ながらこれらが総てではない。他にも読書歴は、『失はれた時を求めて』や「ガルシア＝マルケス」などに窺える。

最後に、彼女が創作意欲を刺激して、更なる決意を詠った作品を紹介しよう。

＊けふだつて地上の風に伝へたの　鳥よりわたしを自由にしてね　「DOLL EYES」

＊揚力を眩しく見上げてゐる空に肺の像《かたち》の雲が二切れ　「カトレアを抱く」

＊本物の王の匂ひは知つてゐる　大河のほとりに樹木が育つ　「埃及王《ファラオ》の素足」

＊花と骨、ともに描かれ砂漠にもわたしにもある泉をさがす　「それからもなほ」

＊あたらしく心の空き地に発芽した楽しみ草をけふも育てむ　「水晶宮で」

＊地上から最も深い地下鉄へできれば素足で下りて行きたい　「ピジョンブラッド」

これらは彼女にとって、叫びではなく内心願っている静かな日常である。「鳥より自由に」や「樹木が育つ」は、より強い未来を志向している証《あかし》だろう。そして「心の空き地」に、新しい試みを用意していよう。「最も深い地下鉄」とは、自らの深層心理を確かめることだ。

これからも飛躍が期待される山科真白であるが、彼女が私に要請したのは、短歌の指導などではない。確かに、歌の形態は既に出来上がりつつあり、今さらの解題すら無用の長物かもしれない。

「では何を？」と問うと、「小説だ」と悪びれもせず言う。

かつて彼女は、故眉村卓に師事していた。そういえば、その如実な影響なのか、当初の短篇は偏《ひとえ》に「不思議」で片付ける癖があった。

私の手法は、仕掛けた伏線の合理的な回収である。それは、じゃじゃ馬を調教することに似ているだろう。

これから以降は、「それらに臆せず、挑戦しつづけよ！」である。

言い換えれば短歌との二刀流を為し、敢えて二兎を追って、双方ともものにしてくれと切望したい。

あとがき

『さらさらと永久《とは》』は、二〇一九年に上梓した第一歌集『鏡像』以後の作品を主にまとめたものです。

ちょうどその四年間は、新型コロナウイルスが流行した時期と重なります。未知のウイルスの蔓延は、世界が繋がっていることを改めて実感させられました。大切な人たちの逝去が相次ぎ、心のカンバスは喪失という絵の具によって、あっという間に厚く塗りつぶされていきました。

第一歌集を出したものの随分前より短歌からは遠ざかっていた私が、『鏡像』の書評を書いて下さった塚本青史氏の勧めで「玲瓏」にも入会したのは、二〇二〇年のことです。

「小説も書いたらいいし、歌も詠むべきだ」と強く仰った言葉は、長らく一つの表現方法を探す旅をしていた私を、途端に楽にしてくれました。

時を経てまた詠みはじめた短歌は、モチーフや言葉の選択だけでなく、文語寄り、口語寄りなど、多様な詠みを自分らしく試せたように思います。三年間で多くの歌を生み出したことによって、冬眠していた韻律のリズムも目を覚ましました。

さまざまな表現を楽しみながら進んでいきたいと答えられる私になったのは、真摯に熱く導いていただいたおかげです。短歌や小説だけでなく、自由に色々な翼を付けてみることを、常に寛容に受け止めてくれているような気がします。御多忙の中、すばらしい解題を賜り、誠にありがとうございました。

タイトルは、小中陽太郎主幹の「文藝　川」に、小説とともに寄稿した短歌の一連「さらさらと永久《とは》」から採りました。

また、いつも私を励まして下さる諸先輩の歌人、作家の方々にも大変感謝致しております。

出版にあたり、短歌研究社代表取締役社長の國兼秀二、編集担当の菊池洋美、春から装幀の相談に乗って下さいましたデザイナーの間村俊一、この三氏には、大変お世話になりました。心より御礼を申し上げます。

二〇二三年　残暑の最中

山科真白

著者略歴

山科真白（やましなましろ）
兵庫県歌人クラブ新人賞受賞（2004年）。
第三十二回玲瓏賞受賞（2022年）。
「玲瓏」編集委員、「短歌人」同人Ｉ。
小説は故・眉村卓、現在は塚本青史に師事。
筆名　常藤咲（ときとうさき）。

さらさらと永久《とは》

二〇二三年十一月四日　印刷発行

著者——山科真白《やましなましろ》

発行者——國兼秀二

発行所——短歌研究社

東京都文京区音羽一—一七—一四　音羽ＹＫビル　郵便番号一一二—〇〇一三

電話　〇三—三九四四—四八二二・四八三三　振替　〇〇一九〇—九—二四三七五番

印刷者——ＫＰＳプロダクツ

製本者——加藤製本

定価——本体二四〇〇円（税別）

検印省略

ISBN978-4-86272-743-5 C0092 ¥2400E